향기로운 마음

임숙희 제2시집

시음사
시사랑음악사랑

본문
노래,시낭송
감상하기

QR 코드   스마트폰으로 QR 코드를 스캔하면
노래, 시낭송을 감상할 수 있습니다.

제목 : 참 행복하겠습니다
시낭송 : 박영애

제목 : 당신이 참 좋습니다
시낭송 : 김락호

제목 : 내 사랑 그대
시낭송 : 임숙희

제목 : 당신과
         함께하는 아침
시낭송 : 임숙희

제목 : 그런 사람이
         있었으면 좋겠다
시낭송 : 임숙희

제목 : 봄은 그렇다
시낭송 : 장화순

제목 : 배꽃 같은 당신
작곡, 노래 : 정진채

시인은 자연을 이야기하고 시낭송가는 자연을 품었다.
글자는 날개를 달아 언어로 날고 소리는 자연에 눕는다.

시인의 말

사람과 사람 사이에는
보이지 않는 그 무엇인가가 있어
실바람 결에도 몹시 흔들릴 때가 있습니다.

예고 없이 찾아오는 아픔
예고 없이 찾아드는 쓸쓸함
때로는 벅찬 감동으로 눈물 흘리기도 하고
바람 부는 허허벌판에 홀로 서 있는 듯한
지독한 절망을 만나기도 합니다.

희망을 꿈꾸는 삶의 길에서 만나게 되는
미묘한 감정들을 오롯이 안아주는
숨 같은 시(詩)는 늘 곁에 머무는
마음의 벗이요, 행복입니다.

쉬운 언어로 진솔한 마음을 담은 2집이
시를 사랑하는 독자들에게 잠시나마 마음의 쉼이 된다면
더없는 기쁨입니다.

제2집 "향기로운 마음" 시집을 만나게 되는 모든 사람이
늘 건강하고 행복했으면 좋겠습니다.

감사합니다.

시인 임숙희 드림

1부. 쉼!

2부, 무지갯빛 사랑

3부, 그런 날

4부, 그것은 인생

1부, 쉼!

차 한 잔의 따뜻함을

아침 이슬 같은 사람과

함께 할 수 있음이

참 행복하다.

휴식 같은 하루

살랑살랑 바람의 손짓에
커피 한 잔 곁에 두고 창가에 앉아
꽃구름 피어나는 파란 하늘을 봅니다

부담스러워 피하고 싶었던
뜨겁게 쏟아지는 태양의 눈빛이
부드럽게 온 세상을 비추고 있습니다

참 좋습니다
햇살
바람
그리고, 풀잎의 미소

참 행복합니다
이 모든 것을 볼 수 있고
이 모든 것을 느낄 수 있고
이 모든 것을 가슴으로 만질 수 있으니
나는 행복한 사람입니다

참 고맙습니다
커피 한 잔에 삶의 향기를
듬뿍 타서 마시는 휴식 같은 하루를
맛볼 수 있는 오늘이.

내 마음의 노래

내 마음의 노래는
호수 위에 햇살과 같이
찬란하게 빛나고 싶다.

사랑받음에 감사하고
주는 사랑에 더 행복해하는
베푸는 사랑이고 싶다.

내 마음의 노래는
지는 꽃잎의 등을 토닥이는
따뜻한 사람이고 싶다.

보아주는 사람 없어도
은은한 향기로 미소 짓는
순수한 들꽃이고 싶다.

내 마음의 노래는
나를 만나는 사람들 마음에
밝은 웃음과 맑은 행복이 샘솟는
마르지 않는 샘물이 되고 싶다.

오늘도 마음에 주문을 외웁니다

오늘도 마음에 주문을 외웁니다.
행복하다, 행복하다
행복하다고
행복해지고 싶다고
그래서 웃습니다.

오늘도 마음에 주문을 외웁니다.
웃자, 웃자
웃어보자고
웃다 보면 마음에 드리워진
어두운 그림자 어느새
밝은 빛으로 물들이고
불행은 행복의 꽃을 피웁니다.

오늘도 마음에 주문을 외웁니다.
먼저 건네는 미소가
누군가의 얼굴에
작은 행복의 미소 짓기를
그 미소에 내 마음도 행복해집니다.

오늘도
행복하다, 행복하다고
웃자, 웃어보자고
마음에 주문을 외웁니다.

그냥 좋다

이른 아침
새들의 재잘거림이
정겨운 창가에
화사하게 부서지는 햇살이
그냥 좋다.

비단결 바람 타고
풀꽃 향기와 어우러지는
땀이 배어있는
삶의 향기가 좋다

차 한 잔의 따뜻함을
아침 이슬 같은 사람과
함께 할 수 있음이
참 행복하다.

함께해요

바둥바둥하며 사는 건 아닌지
가끔 되짚어 보아요

닮은 듯 다른 삶
저마다 향기가 다름을 알면서
정해진 틀에 꿰맞추려고
할 때가 있을 거예요

보이는 것에 보여주는 것에
허상을 쫓는 것은 아닌지 돌아보며
삶을 여유롭게 가꾸어가요.

마음을 따뜻하게 안아주세요
내 마음이 행복하면 바라보는 세상은
무지개가 뜨고 너그러워질 거예요.

홀로 가야 할 삶이라지만
더불어 가야 할 길
잡은 손 놓는 그 날까지
처음 그 마음처럼
오손도손 정답게 함께해요.

복숭아

수줍은 소녀의
발그레한 두 볼을 닮은
탐스러운 너의 모습

뽀송뽀송 솜털 안에
감추어진 뽀얀 속살
달콤한 향기에
흔들리는 내 마음

한 입 베어 물면
입안 가득 퍼지는
엔돌핀 같은 너

무궁화

길모퉁이 돌아서면
분홍빛 고운 자태로
마음을 훔치는
수줍은 새악시

잰걸음으로 네 앞에 서면
걷잡을 수 없이 밀려오는
가슴 벅찬 뭉클함

아
그랬구나!

여름날
피고 지고 또 피어나는
짧은 생(生), 지고지순한
끝없는 사랑이었어!

6월에는

푸름이 짙어지는 6월에는
싱그러운 미소로 아침을
맞이하겠습니다

새해의 다짐은 피고 지는
꽃들의 향연에 몽롱했을지라도
뜨거운 태양을 품고
힘차게 6월의 숲으로 가겠습니다

새들의 노랫소리 들려오는
찬란한 6월을 지켜온 선열들의
숭고한 희생에 감사하겠습니다

산들바람에 흐르는 땀을 식히며
초록 물결 넘실대는 숲을 가꾸어
뙤약볕에 몸살을 앓는 7월
그대에게 그늘이 되겠습니다.

안부

"잘 지내니?"

누군가 다정하게
나의 안부를 묻는다는 건
기분 좋은 일입니다

겉으로는
아무렇지 않은 척 담담하지만
내 눈은
내 목소리는
내 심장은
기쁨으로 떨려옵니다

어떤 날은
온종일 침묵이
주위를 맴돌아 허탈하여도
날마다 누군가의 안부를 기다리는
나는 행복한 사람입니다

나 또한 누군가에게
비타민 같은 기다림을 주는
사람이었으면 좋겠습니다.

참 행복하겠습니다

사랑하는 마음만으로
세상을 살아갈 수 있다면
참 행복하겠습니다.

살면서 함께 할수록
평온한 마음을 주는 사람이라면
삶의 기쁨이겠습니다.

바쁘게 돌아가는 세월 속에
단 1초라도 미소를 머금게 하는
누군가 곁에 있다면
더없는 행복입니다.

화려한 꽃이기 보다
은은한 향기 풍기는
들꽃 같은 사람과 함께 라면
참 행복하겠습니다.

제목 : 참 행복하겠습니다
시낭송 : 박영애
스마트폰으로 QR 코드를 스캔하면
시낭송을 감상할 수 있습니다.

그대를 위해

그대를 위해
아침 이슬이 되어
맑고 투명한 하루를
드리고 싶어요

그대를 위해
어여쁜 꽃으로 피어나
향기로운 설렘 가득한
사랑스러운 미소로
안기고 싶어요

햇살의 뜨거운 입맞춤에
소금 꽃 피우는
그대를 위해
산들바람이 되어
달콤한 행복을 드리고 싶어요.

봄 마중

산이 고요하니
여위어진 풀숲에
햇살이 앉아 하품한다

나른한 햇살이 기지개를 켜니
나뭇가지에 물이 오르고
새 옷 장만에 분주하다

산이 고요하니
살랑살랑 바람은 연주를 하고
여위어진 풀숲은 살이 오른다

겨우내 날 선 바람에
생채기 난 나무는
새들의 노랫소리에
따스한 봄을 한 아름 품는다.

해변의 봄

바람이 창을 두드리니
햇살이 속살거린다.

문득 떠오르는 풍경 하나
발길을 재촉한다

스치는 거리마다
기억을 더듬어 봄옷을 입히고
살며시 미소 짓는다

앞섶 여미는 차가운 바람결에
따스한 향기 콧잔등 간질이고
부드럽게 반짝이는
윤슬과 마주한다

한가로이 노니는 갈매기 벗 삼아
봄의 찬가를 부르는 햇살과
힘차게 밀려드는 하얀 물거품의 왈츠
발가락 간질이는 해변을 거닐어 본다.

8월엔 그대에게

푸름은 더욱더 푸르게
뜨거움은 더욱더 뜨겁게
정점을 향해 달아오르는 8월

뜨거운 입김으로 일렁이는
삶의 터전에 가쁜 숨 몰아쉬는
그대에게
졸졸 흐르는 옹달샘 같은
푸른 그늘이 되고 싶습니다.

강렬한 빛살 입술에 머금고
한들한들 미소 띤 얼굴로
늘 반기는 꽃과 같이
소금 꽃으로 얼룩진 그대에게
상큼한 웃음꽃이 되고 싶습니다.

불볕으로 시름시름 앓는
그대에게
돌돌 말아놓은 가을 하늘을
팔월 중턱에 걸어놓고
날마다 한 뼘씩 펼치어
선선한 파란 하늘을 드리고 싶습니다.

심곡천, 그해 여름

복잡한 도심을 가로지르고
오랜 산고로 애태우더니
오월 햇살 아래 몸을 풀고
아이들의 웃음소리에
흐뭇한 미소를 짓고 있다

분주한 초침은 형형색색 꽃물들이며
유유히 흐르는 물길 따라
길을 나서고 뭇사람의 시선을
멈칫하게 한다.

작열하는 태양 아래
끓어오르는 아스팔트 양옆에 끼고
시름 한 조각 물바람에 풀어놓는다.

심곡천에 부르튼 발 담그고
속눈썹을 지그시 누르는 풀 내음
재잘거리는 새들의 자장가에
시간 여행을 떠난다.

스러지는 여름

백 년 만에 쏟아내는 불덩어리
지칠 줄 모르는 한낮의 폭염
멈출 줄 모르는 열대야의 도도(滔滔) 함

고삐 풀린 망아지처럼 날뛰던
한낮의 뜨거운 열기가
낡은 선풍기의 힘겨운 고갯짓에
삐거덕 거리는 고요한 밤

어디선가
간간이 들려오는 귀뚜라미 소리
시나브로 가을이 오는 소리.

상상의 나래

누구나 한 번쯤
일탈을 꿈꾸어 본다

해가 뜨고 지고
달이 차오르고
별은 빛나고

어제가 오늘인 듯
오늘이 어제인 듯
내일을 알 수 없듯

삶의 주인이 누구인지
가끔 잊고 살아가는 길목에
은밀한 나만의 길동무

이루고 싶은 바람
상상의 나래를 펴고
꿈꾸는 나만의 행복

9월에는

9월에는
파란 하늘 드리워진 창가에 서서
맑은 눈망울로
가슴 가득 하늘빛을 담고 싶다

여름날 뜨거웠던 태양은
가을 바람결에 숨을 고르고
탐스럽게 익어가는 열매를
부드럽게 감싸 안는다

코스모스 꽃잎에
청초한 그리움 사뿐히 내려앉는
9월에는
숨 가쁘게 달려온 시간을
초록 잎 노랗게 물들이며
토닥토닥, 어루만져 주고 싶다.

이젠 멈추고 싶지 않다

얼마 만인가
얼굴이 화끈 달아오르는 뭉클함
가슴이 터질듯한 설렘
숨이 멈출듯한 희열감

앙상한 나뭇가지에 새순이 돋듯
모진 풍파 견디며 꿋꿋하게 버티고 서있는
고목에 꽃이 피어나듯이
숨죽이며 생명의 끈을 이어온 꿈

이제야
거울 앞에 나의 소박한 꿈을 비춰본다
꿈은 내 곁을 맴돌며 돌아봐 주기를
갈망하고 있었다.
막연한 두려움과 놓여있는 시련을 견디며
꿈을 향해 다가갈 용기가 없었던 것이다
삶이라는 굴레에 얽매여 체념하고 있었던 것이다

먼 길 돌고 돌아 한 발짝 꿈에게로
조심스럽게 다가서는 떨리는 심장
활활 타오르는 장작불 되어
한 줌 재가 되어도 이젠 멈추고 싶지 않다.

가을 길

산들바람에 살랑이는 잎새
어쩜 내 마음 같을까요

가슴 한편에 접어둔 그리움
두근거리는 내 마음 보이는지
한들한들 피어있는 코스모스
살가운 손짓 하네요

수줍은 미소로 반기는 들녘에
따갑게 쏟아지는 햇살이
어쩜 이리도 고울까요

울긋불긋 곱게 물드는
오솔길 걸으며
마음 가득 차오르는
풍요로움을 누릴 수 있는 이 순간
오롯이 안아봅니다.

나무와 같은 사람

하늘이 넓은지
나무의 품이 넓은지
오가는 그 길목에
커다란 나무 한 그루

겨울 하늘에
가지만 그려놓고
움츠린 그대 가슴에
따뜻한 햇살 내리더니

파리한 낯빛은
꽃눈 내리는 어느 날
연푸른 잎새에
햇살을 걸어놓고
싱그러운 향기 하늘하늘

하늘만큼 넓은 품으로
힘겨운 그대를 반기는
오가는 그 길목에
커다란
나무와 같은 사람이고 싶다.

가을을 걸어요

맑고 푸른 날에는
포근히 안아주는
햇살에 기대어 함께 걸어요.

갈바람에 살랑이는
코스모스 피어있는 돌담길을
다정히 손잡고 걸어요.

울긋불긋 물드는
수채화 같은 풍경에
마음 흠뻑 적시고

흐르는 시간의 끝을 잡고
떨어지는 낙엽의 쓸쓸한
뒷모습을 다독이며

깊어가는 횅한 가을 길에
꽃등 밝히고 우리 함께 걸어요.

풋풋한 해후

먼 시간을 돌고 돌아
곱게 단장하고
그리움을 만나러 가는 날

푸른 하늘엔 하얀 꽃 피어나고
햇살 다정히 풀잎에 앉아
싱그러운 미소로 반긴다.

스치는 바람에도 아파하고
또르르 구르는 돌멩이만 봐도
까르르 웃음 짓던
꽃보다 아름답고
풀잎에 맺힌 이슬보다 영롱한
먼 기억을 더듬으며
살며시 미소 짓는다

먼 시간을 돌고 돌아
여린 가슴에
남모를 눈물 꽃 피우고
멍울진 가슴 다독이며 간직해 온
풋풋한 시절의 해후

보드라운 바람 타고
그 시절
그 마음 그대로
도란도란 이야기꽃 피어나는 꽃밭에
벌 나비 날아와 춤을 춘다.

하얀 발자국

복잡하게 얽힌 휑한 거리는
하얗게 덮이고 또 다른 세상을
꿈꾸고 있습니다.

움츠린 한 사내의 선명하게 남겨진
발자국에 실린
삶의 무게를 헤아리듯이
한 발자국 남기면 말없이 흔적을 지우고
태연히 발뒤꿈치를 어루만집니다

아무도 흔적을 남기지 않은 순백의 세상
마음을 들킬세라 사락사락 내리는 눈을
물끄러미 바라봅니다

불현듯 나는 생각합니다
망설임 없이 만나고 돌아서는 발걸음에
서운한 마음 들지 않는 사람과 저 길 위에
발자국 하나 남기고 싶습니다.

엄마의 얼굴

따스한 햇발에 파릇한 봄날
고운 옷으로 갈아입고 거울 앞에 서니
함초롬히 피어있는 꽃과 같이
다정다감한 엄마가 다소곳이 앉아있다

버거운 삶의 두 눈 질끈 감고
숯 검댕이 가슴 다독이며
옹기종기 꽃을 심고 거름을 주고
알뜰살뜰 활짝 피워놓으시며
잔웃음 지어 보이는 엄마의 얼굴

여린 꽃잎 같은 모습은
삶의 서릿바람에 빛바래고
땀과 눈물로 굽이진 골짜기에
속절없이 검은 꽃은 피어난다

시나브로 깊어지는 주름을
한올 한올 곱게 단장하고
수줍은 가슴에 하르르 한숨 소리
꽃 노을 지는 하늘에 날리우고
함박웃음 지으신다

내가 나이 들어
거울 앞에 앉아보니 주름진 얼굴에
여리디여린 엄마의 얼굴이 스친다.

가온 해 우리글

한뉘 발편잠마저 잊고
낮은 곳 가엾게 여기어
가갸를 만들어
슬기로운 눈을 뜨게 하고
마음눈을 주신 그 깊은 속사랑

안다미로 곰살맞은 우리글
설움의 응어리 어루만지는
어버이의 거룩한 마음

지난날 칼바람 삶 속에서
속울음 삼키고 가온길 걸으며
겨레의 버팀 기둥이 되어준
누구도 흉내 낼 수 없는
우리나라의 빛, 우리글

가늠할 수 없는 빛길 열어놓고
거늑하게 그느르는 또바기 마음
온누리에 빛나는 가온 해 우리글
그 고마움
가슴 깊이 새기겠습니다.
되새김하여 우러르겠습니다.

가온 해 : 가운데 해, 곧 세상의 제일 이란 뜻
발편잠 : 근심이나 걱정이 없어서 마음 놓고 편안히 자는 잠
한뉘: 한평생 / 가갸: 한글 / 안다미로: 담은 것이 그릇에 넘치도록 많은
곰살맞다 : 몹시 부드럽고 친절하다 / 거늑하다: 넉넉하여 마음이 아주 흐뭇하다
그느르다 : 돌보아 보살펴 주다 / 또바기: 늘 한결같이 꼭 그렇게

2부, 무지갯빛 사랑

날마다 커지는

그대 그리움은

소담한 집을 짓고

무지갯빛 등불을 밝히고

그대를 기다립니다.

당신이 참 좋습니다

우연히 만나는 날
별빛 같은 눈망울로
해맑게 웃으며 반기는
당신이 좋습니다.

봄 햇살 같은
따뜻한 말 한마디
가난한 마음에 기쁨을 채워주는
당신이 좋습니다.

당신을 생각만 해도
미소가 떠오릅니다.

당신을 생각만 해도
가슴이 따뜻해집니다.

홀로 남겨진 듯한
쓸쓸한 삶의 뒤안길에
밝고 환한 빛으로 오시어
행복의 나래를 선물하시는
당신을 만나 참 좋습니다.

제목 : 당신이 참 좋습니다
시낭송 : 김락호
스마트폰으로 QR 코드를 스캔하면
시낭송을 감상할 수 있습니다.

내 사랑 그대

그대를 내 마음속에 담아두고
잊은 듯이 살고 있지만
늘 곁에 머무는 숨 같은 사람입니다

살아가면서 좋은 날보다 힘겨운 날에
꺼내 보게 되는 그대는
달빛이 잠들면 내일이 밝아오듯이
어두운 마음길에 한 줄기 빛과 같습니다

설렘으로 차오르는 따스한 봄이 오면
다정히 꽃길을 걸으며 마음을 나누고 싶은
해맑은 사람입니다

같은 하늘 아래
우연히라도 만나고 싶은
삶을 다하는 날까지 내 안에 숨 쉬는
그대는 내 사랑입니다.

제목 : 내 사랑 그대
시낭송 : 임숙희
스마트폰으로 QR 코드를 스캔하면
시낭송을 감상할 수 있습니다.

행복이 뭐 별건가요

번듯한 집 한 채 없고
값싼 물건을 찾아
발품 팔아가며 살아가는
삶이 안쓰러워 보이나 봅니다

고단한 몸 뉘일 수 있고
소박한 밥상을 차려놓고
반겨주는 사람이 있기에
괜찮은데 말입니다

별일 아닌 일에 웃음 주고
별거 아닌 일에 다투어도
등 돌릴 수 없는 사람이
곁에 있기에 살아갈 만합니다

내 작은 품에 둥지를 틀고
포근히 잠드는
소중한 사람과 함께하는 여정
거친 바람이 몰아쳐도 버틸 만 하기에
마주 보는 얼굴에
웃음꽃 피우며 살아가는
하루하루가 행복합니다.

아직도 나는

우리가 처음 만났던 그 날처럼
해맑은 미소로 마주하고 싶다

힘없는 목소리가 들려오면
아픈 것은 아닌지
무슨 일이 있는 건 아닌지
걱정스러운 마음을 쉬이 떨칠 수 없었던
그 마음으로 마주 보고 싶다

바람이 흔들어도
맑은 하늘이 먹구름에 가려도
실오라기 하나 없는 마음으로
맞이하고 싶다

처음 만났던 그 날처럼
티끌 하나 없는 하늘에
꽃구름 피어나듯이
설렘의 눈빛이 되고 싶다.

있잖아요

있잖아요
너무 기다리게 하지 말아요

함초롬히 피어있는 꽃과 같이
어여쁜 모습으로
그대를 맞이하고 싶거든요

뜨거운 눈빛으로 바라보지 말아요
그대의 고운 미소를 보고 싶거든요
따듯한 가슴으로 오세요.

좋은 그대

그대가 참 좋습니다

어디가 좋으냐고
물으신다면
글쎄...

곰곰이 생각해 봐도
답을 찾을 수 없습니다

그냥
그대라서
그대이기에 참 좋습니다.

당신이 있기에

욕심이 옥죄어
달아오르는 심장 안고
문을 열고 들어서면
박하 향 같은 당신이 있기에
부끄러움을 알았습니다

재잘거려도 귀찮지 않고
아웅다웅 다투어도
입가에 미소 짓게 하는
해맑은 심성을 지닌 당신이 있기에
소소한 행복을 맛보았습니다

덩그러니 홀로 남겨진 듯이
외로움이 밀려오면
부드러운 카페라테 같은
달콤한 당신이 있기에
마음의 위안이 되었습니다

고급스러운 말솜씨는 아니지만
여백을 남겨주는 당신이 있기에
채움의 기쁨을 나눌 수 있으니
나는 참 행복한 사람입니다.

짝사랑

그대 오가는 길목에
이슬 먹고 피어있는
청초한 꽃이고 싶어요

늘 곁에 머물고 싶고
바라만 보아도 가슴 뛰고
안 보이면 걱정돼요

어느 바람 부는 날
꽃향기 살포시
그대 가슴에 안기겠지요?

파랑새

햇살 미소 살풋
당신 눈가에 앉으면
내 마음은 온통
웃음꽃이 핍니다

꽃잎에 맺힌 이슬방울
파르르 내 가슴에 떨어지네요
당신의 눈시울이 촉촉이
젖어있기 때문입니다

내 마음에 날개가 돋고
하늘을 날고 싶은 날은
해맑게 기뻐하는
당신을 보고 있기 때문입니다

날마다
당신이 행복했으면 좋겠어요
한 마리 파랑새가 되어
당신 곁에 머물고 싶습니다.

이런 사람이 좋더라

만날 때면 해맑은 아이처럼
기분 좋은 사람이 좋더라

언제 어느 때고
꾸미지 않은 모습으로 만날 수 있는
편안한 사람이 좋더라

늘 푸른 소나무와 같이
함께 웃고 울어주는
가슴 따뜻한 사람이 좋더라

헤어짐의 아쉬움보다
만남의 기쁨으로
행복한 기다림을 주는 사람이 좋더라

이런 사람이 당신이라서 참 좋다.

당신을 사랑하기에

당신이 그리워
하늘을 보고 있는 지금
내 마음은 구름을 타고
당신에게 향합니다

당신도
저 하늘을 보고 있나요
당신에게 닿길 간절히 바라는
이 마음을 아시나요

내 마음은
보고 싶은 그리움으로
잠잠할 날이 없습니다

이 마음
당신이 모른다고 하여도
당신을 사랑하렵니다
당신을 사랑하기에.

따뜻한 커피

아침이면 습관처럼
따뜻한 커피를 마신다.

바쁜 하루 중
따뜻한 커피 향에 너를 생각하니
풀 향기 솔솔, 참 좋다

따뜻한 커피를 마주한 이 시간
습관처럼 네가 그립다.

말해 줄 수 있나요

가끔 생각해봅니다.
당신의 마음이
내 마음이
어디쯤 머물고 있는지
당신의 눈빛이 나와 같은지

돌아보면 부질없는 물음이기에
꽁꽁 가슴에 봉인해 둘까 해요

그래도, 가끔은
당신의 마음이 어디만큼 왔는지
참 궁금해요.

말해 줄 수 있나요?

배꽃 같은 당신

어쩌다 보니
나란히 지는 해를
바라보고 있습니다

당신과 함께 걸어온 삶의 길에
한숨을 먹고, 웃음을 먹고
어느 것 하나 외면할 수 없는
올망졸망 꽃이 피었습니다

돌아보면
아프지 않은 일이 없고
기쁘지 않은 일이 없습니다

얼마를 더 가야 할지
끝 모를 삶의 길에
가시로 남은 장미는 거둬두고
온화한 미소가 아름다운
당신 닮은 꽃을 피우렵니다.

제목 : 배꽃 같은 당신
작곡, 노래 : 정진채

스마트폰으로 QR 코드를 스캔하면
시낭송을 감상할 수 있습니다.

비 오는 날, 문득

차창에 빗물이 흐르고
흘러나오는 음악에
촉촉이 젖어 드는 내 마음

모락모락 따뜻한 향기
두 손에 감싸 안고
비 내리는 풍경을 보고 싶다

문득
떠오르는 당신과 둘이서.

행복한 아침

늘 그랬듯이
아침에 눈을 뜨면
전화기를 열어봅니다

잠든 사이에
안부를 남겨 놓고
살짝이 다녀가신 당신

눈 부신 햇살보다
화사한 당신의 미소를 떠올리는
행복한 아침입니다.

당신과 나는

항상 설렘이 될 수는 없겠지요
항상 기쁨이 될 수는 없겠지요

눈시울 붉어지는 어느 날에
아린 가슴 토닥이는
그 누군가로 살았으면 좋겠어요

불현듯 보고 싶은 사람이
누구냐고 묻는다면
주저 없이 서로를 부르는
우리로 살아요

늘 좋을 수는 없겠지요
때로는 상처로 아파하겠지요

슬픔이 흐르는 어느 날에
기대어 울 수 있는 품을 내어주는
그 누군가로 살았으면 좋겠어요

비바람 할퀴고 지나간 자리에
햇살과 같이 고운 빛으로
늘 푸른 소나무처럼
변함없는 마음으로 살아요

흐르는 물과 같이
맑고 투명한 우리로 살아요.

햇살이 좋아서

햇살이 좋아서
무작정 길을 걸었어
우연히 너를 만나게 될지 몰라서

햇살이 좋아서
너에게 전화를 걸었어
그냥 너의 목소리가 듣고 싶어서

햇살이 좋아서
바람을 품고 하늘을 보았어
해맑은 미소로 반기는 네가 있더라

볼을 스치는 차가운 바람결에
따스한 너의 손길이 느껴져
햇살이 좋아서
너무 좋아서

무지갯빛 사랑

그대를 만나고 돌아오는 길에
살그머니 그리움 하나
가슴에 떨어집니다.

날마다 커지는
그대 그리움은
소담한 집을 짓고
무지갯빛 등불을 밝히고
그대를 기다립니다.

그대 가슴에 걷잡을 수 없이
회오리 이는 날이 오면
무지갯빛 나의 사랑이
그대 가슴에 찬란히 빛나고 있음을
기억해 주세요.

당신과 함께하는 아침

투명한 유리창에 반짝이는
아침 햇살 아래 살며시 눈을 감고
고운 햇살을 마십니다.

손 내밀면 닿을 듯
아른거리는 햇살 같은 마음 따뜻한 사람
가슴에 살며시 내려와 포근히 감싸줍니다.

바라만 봐도 따뜻한 온기가 전해지는 사람
바라만 봐도 미소를 머금게 하는 사람
바라보고 있으면 때로는 가슴 아파지는 사람

힘겨울 때 함께 슬퍼하고
삶의 무게로 지쳐 쓰러지고 싶을 때
서로의 어깨에 기대어 위안이 되어주는 사람

끝나지 않은 험난한 인생 여정
그 사람과 함께이기에 외롭지 않습니다.

그런 사람이 곁에 있기에
날마다 마주하는 이 아침이
내겐 너무나 소중한 행복입니다.

제목 : 당신과 함께하는 아침
시낭송 : 임숙희
스마트폰으로 QR 코드를 스캔하면
시낭송을 감상할 수 있습니다.

한여름 날 내리는 비처럼

열정적인 사랑이라지만
태양이 내리쬐는 들녘에
해바라기 마음 같을까

뜨거운 입맞춤에
바짝 타들어가는 심장이
바람에 살포시 안기는
애틋한 두근거림을
바람은 모르리

한여름 날 내리는 비처럼
기다림의 단꿈이고 싶은 마음을

나는 너에게

보고만 있어도
햇살 미소 퍼지는
그런 사람이고 싶다

보고만 있어도
언 가슴 포근히 젖어 드는
봄 비 같은 사람이고 싶다

보고만 있어도 좋은
행복한 설렘을 주는
그런 사람이고 싶다

나는 너에게...

좋은 걸 어떡하나요

당신의 사랑을
오롯이 받고 싶은
이 마음이 욕심일까요?
그래도 좋아요

나만 보아달라 투정 부리는
당신 향한 마음을
어쩌면 좋아요

살랑이는 바람결에
나의 마음 띄워
당신 마음 안에 살고 싶은
이 마음이 욕심일까요?
그래도 좋은 걸 어떡하나요.

그런 사람이 있었으면 좋겠다

누군가 그리워지는 날이 있다
눈이 부시게 햇살이 창을 비추고
커튼 자락 살랑이는 날에는
풀향기 날리는 들녘에 서서
바람을 품고 싶다

누군가 몹시 그리워지는 날이 있다
자락 자락 비 오는 날이면
슬그머니 가슴에 묻어둔 사연 하나
빗방울 수만큼 그리움이 내린다

누군가 보고 싶어지는 날이 있다
가지마다 눈꽃 피워놓고
가슴에 눈송이처럼 내려앉는 설렘은
누군가를 기다리게 한다

그런 날에는
함께 차를 타고
삶의 이야기를 나누어도 좋은
말없이 음악을 들으며
스치는 풍경을 바라보아도 좋은
그런 사람이 있었으면 좋겠다

서로의 마음을 재지 않아도 좋을
사랑에 아파하지 않아도 좋을
그리움에 아리지 않아도 좋을
그저 마음 편안한
그런 사람이 있었으면 좋겠다.

 제목 : 그런 사람이 있었으면 좋겠습니다
시낭송 : 임숙희
스마트폰으로 QR 코드를 스캔하면
시낭송을 감상할 수 있습니다.

사랑해도 될까요

봄 햇살 닮은
한 사람을 만났습니다

날마다 고운 미소를
살며시 짓게 하는
마음 따뜻한 사람이
내 곁에 있습니다

사랑이라는 말보다
더 사랑스러운 사람입니다

행복이라는 말보다
더 행복을 주는 사람입니다

덩그런 마음뿐인 내게
봄 햇살만큼
따스한 품을 내어주는
그 사람을 사랑해도 될까요

그대가 좋아서

그대가 좋아서
입꼬리는 하늘을 향하고
눈꼬리는 하늘의 반달이 되었네

그대가 좋아서
햇살이 쏟아지는 들녘에
비바람 몰아치는 들녘에
홀로 서 있어도 외롭지 않은
사랑 바라기가 되었네

달콤한 바람이 유혹한들
그대가 좋아서
미풍에 살랑이는
이 마음을 흔들지 못하리

능소화 연가

햇살 같은 미소로
아지랑이 피어나는 그대

톡톡 터지는 햇살에
화사한 웃음꽃 피우고
자꾸만 커지는 그리움은
설렘의 기다림이었습니다

여름날의 뜨거운 숨결로
그대 그리움은 익어가고
소슬바람에 나부낍니다

못내 떠나지 못하고
아슬하게 대롱거리는 그리움은

그대를 향한 그리움이었음을
그대를 향한 끝없는 사랑이었음을

만남

차갑게 불어오는 바람이
살가우니 좋기만 해요
어제도 그제도
옷깃을 여미게 하는 바람인데요.

당신을 만나러 가는 날인 걸
바람도 아는가 봐요.

사랑하고 싶다는 말은

사랑하고 싶다는 말은
열정이 남아있음이요
마음의 여유가 있다는 것입니다

보고 싶고 그립다는 말은
가슴에 사랑이
숨을 쉬고 있음이요
끝없는 기다림은
살아야 할 이유가 있다는 것입니다

사랑하고 싶고
보고 싶고
그립고
그리고, 기다림은
캄캄한 삶의 뜨락에
별이 빛나고 있다는 것입니다.

난 너에게 편지를 써

나의 이야기를 들어주고
나의 아픔을 다독이는
너의 마음이 힘들었겠구나

나의 아픔을 들여다보며
나를 위로하는 동안
너에게 찾아온 슬픔에
얼마나 힘들었을까

나의 시련이 가장 크다고
느끼며 살듯이
너 또한 그러했을 텐데

난 너에게 편지를 써
미안해
고마워
그리고, 행복해!

3부, 그런 날

그리움 소리 없이 쌓이는

하얀 눈 내리는 세상을

당신도 보고 있으려나...

소담히 내리는 눈처럼

당신이 왔으면 좋겠습니다.

그런 날

가끔은
혼자이고 싶을 때가 있다

가끔은
따사로운 햇살에
가슴이 아려 올 때가 있다

내가 있어야 할 곳이 어디인지
내가 가야 할 곳이 어디인지

가끔
가끔은
이유 없이 마음이 외출을 한다.

그곳에 가면

은빛 물결 일렁이는 그곳에 가면
내 마음은 파랗게 물들고
또 다른 꿈을 꾼다

부서지는 햇살 엮고
희롱하는 바람이 밉지 않은 그곳에 서면
짭조름한 내음에 흠뻑 취해
배시시 마음의 빗장을 열고
묵은 먼지를 털어낸다

철썩이는 장단에
하얗게 부서지는 파도를 바라보며
한바탕 마음 씻긴다

하늘 맞닿은 그곳에
까치놀 잠들고 별빛 흐르면
밀려오는 파도 소리
보이지 않는 마음길에
그리움의 불을 밝힌다.

봄

봄 햇살이 참 좋아!

따사로운 빛살이
두 볼을 어루만지니
핑~도는 눈물

어떤 이에겐 희망을
어떤 이에겐 꿈을
어떤 이에겐 사랑을

또 어떤 이의 가슴엔
시린 눈물로 안기는 봄

빈 마음이 되고 싶다

바람이 되고 싶다
구름이 되고 싶다

봄이 오면 파르라니 잎을 틔우고
여름이 오면 시원한 냇가에 발 담그고
꽃향기에 취해 오색찬란한
가을 길을 쓸쓸히 걸으며
하얀 눈을 맞이하고 싶다

잔잔한 호수에
오늘도
바람이 인다.

꽃샘바람

바람아 우지 마라
봄을 재촉하는
비가 내린단다

젖어 드는 대지에
태동이 느껴진단다

이 비 그치면
새 생명이 움트고
연둣빛 꿈은 피어날 거야

바람아 우지 마라
꽃신 신고 오는 임
더디 오시면 어쩌니

살랑살랑 나와 함께
봄 마중 가지 않으련?

조각난 마음

내 마음 갈피를 잡지 못하고
허공을 맴돌고 있다

막연히 여행을 떠나고 싶고
깊이를 알 수 없는 바다가 보고 싶고
곧게 뻗은 신작로를 끝없이 질주하고 싶다

사람이 사람을 만나 연(緣)을 맺고
사람이 사람을 만나 좋아하고
사람이 사람을 만나 믿는다는 것은
있는 그대로 존중하고 신뢰한다는 것
내 안의 나는
아니,
진실한 가슴을 가진 사람이라면
그러하다고.

허공에 띄운 편지

향긋한 차 한잔 곁에 두고
당신 생각에 미소 지어요

당신 향한 이 마음
말하고 싶어요

밤하늘의 별처럼
헤아릴 수 없이 하고 싶은 말
차마 담을 수 없어
백지로 남겨진 편지

식은 커피 한 모금
삼키는 그리움
멍하니 하늘을 보네요

구름송이 꽃처럼 피어나면
당신이 볼까요

바람 편에 이 마음 띄우면
당신에게 닿을까요

울먹이는 하늘

햇살 노니는 하늘에
먹구름 드리워지고
왈칵 쏟아내면 시원하련만
울먹이는 하늘이 안쓰럽구나

이제나저제나 해님이 보일까
눈을 크게 뜨고 보아도
보이지 않으니 어쩌면 좋으랴

먹구름은 가실지 모르고
속만 태우고 있으니
차라리 목놓아 울어라
눈물 한 방울 남기지 말고...

카페에서

따뜻한 찻잔을
두 손에 감싸 안고
흐느적거리는 음악에 취해
스산한 거리를 바라본다

총총히 걸어가는
사람들 속에서
무엇을 찾고 있기에
눈시울이 촉촉이 젖어 드는가

허공을 떠돌던 시선은
다정한 연인의 뒷모습을 쫓고
가슴은 연분홍 꽃잎 피우려는데
이리저리 뒹구는 나뭇잎 하나
처연(凄然)히 안긴다.

바람아 불어라

바람아 불어라
그리운 이의 가슴에
이내 마음 닿을 수 있게

그리운 이를 그리는
시린 가슴에
바람아 불어라
지고 피는 꽃잎처럼
뜨거운 눈물 흐르게

무정히 흐르는 그리움
미련 없이 날려 보내게
이내 가슴에
바람아 불어라

기다림의 끝

먼 곳에 있어도
보고 싶은 네가 있다면
그리워하며 잠들 텐데

하늘 가득 별빛 수놓고
생채기 난 가슴에
보드라운 달빛 내려오면
기다림의 끝은 오려나요

천연덕스러운 햇살이
속눈썹을 간지럽혀도
온 밤
하얗게 재가 되어버린 가슴
털어 낼 수 없네요

먼 곳에 있어도
보고 싶은 네가 있다면
그리워하며 기지개 켤 텐데...

익어가는 여름

햇덩이 품은 하늘은
가을처럼
높고 푸르다

스치는 바람 쓸쓸히
가슴 한 귀퉁이에 맴돌다
이슬 한 방울 맺힌다

피우지 못할 꿈 한 줌
바람에 실려 보낸
내 마음 아는지
새들의 노랫소리
간간이 들려오는 음(音) 이탈에
화들짝 놀란 여름은 익어간다.

내 가슴에 내리는 비

그리움이
가슴 가득 밀려드는
비가 내린다.

비가 내리면
아스라이 떠오르는 한 사람
따스한 커피 한 잔에
그리움 달래보지만

내 가슴엔
그리움 향기 온몸으로 퍼지는
가슴 아린 비가 내린다.

오늘처럼 비가 내리면
당신은 까맣게 타는 그리움
눈물이 비 되어 가슴에 촉촉이 내린다.

알고 있을까

내 곁에 네가 있어
얼마나 좋은지
알고 있을까

힘들게 보낸 하루 중
입가에 미소를 머금게 하는
유일한 사람이 너라는 걸
알고 있을까

햇살이 쏟아지는 날보다
먹구름 한 움큼 머금고 있는 날에
생각나고 기대고 싶어지는 너

때로는 너의 마음을 아프게도 하지만
묵묵히 바라봐주는 네가
내 곁에 있기에
얼마나 고마운지
너는 알고 있을까

낙엽

그냥 걸었다
노란 가로수 그 길을
바람이 이끄는 대로

톡
톡
우수수

아!
황홀한 매력에
젖어 드는 눈동자

시려오는 가슴!

흔들리는 갈대

사그락사그락 바람 소리에
괜스레 흐르는 눈물
걷잡을 수 없는
슬픔의 늪에 빠져들고 있다
허우적거리지 말고
갈대에 이는 바람 소리에
오롯이 이 마음 실려 보내자

간사한 바람에 상처 입고
내리는 비에 쓰린 가슴
보드랍게 감싸 오는 햇살에
새살 돋고 갈대꽃 피우는
흔들려도 돌아눕지 않는 갈대와 같이
가끔 바람이 흔들어도
흔들리지 않는 마음이고 싶다.

가을이라서

어두운 방 안에 흐르는 음악
혈관을 타고 흐르는 선율
가시가 되어 심장에 박힌다

허공을 맴도는
초점 잃은 눈동자에 글썽이는 눈물
스산한 바람은 창문을 흔들고
가슴엔 쓸쓸함이 스며든다

손 담그면 물 들 것 같은 파란 하늘
붉게 물드는 나뭇잎에 앉은
햇살 품은 따스한 가슴은 어디 갔나

뒹구는 낙엽 되어 버린 이 밤
달빛 휘청이는 창가에 흐르는
사무치게 아리는 선율
가을이라서
가을이기에.

장미의 유혹

아찔하게 꽃 피우고
매혹스러운 웃음 짓는 그대는
고요한 가슴의 파문이어라

치맛자락 살랑이며
뜨거운 열정을 토해내는 그대는
내 가슴에 따사로운 햇볕이어라

농염한 향기로 온몸을 휘감아
황홀한 자태로 유혹하는
오월의 여왕 그대여
요지부동 이 마음 흔드는구나!

쓸쓸한 그리움

시간을 거꾸로 돌려놓을 수 있다면
하얀 눈 위에 봄 같은 그대를
처음 만나던 그날이었으면

한 걸음 한 걸음 서로 토닥이며
소소한 기다림이 행복했던
그날이었으면

물안개 같은 그대 마음
다가가기엔 보이지 않고
추억이라 하기엔 그대 곁을 서성이는
뜨겁게 뛰는 심장

다가올 듯이 멀어져가는
그대를 바라보는
쓸쓸한 그리움은 아니었음을.

그리움 한 줌

흐르는 옛 노래에
그리움 한 줌
살포시 부서집니다

따가운 햇볕도
살을 에는 바람도
그대를 생각하면
견딜 수 있습니다

그대 눈망울 닮은 별은
어디에 있는지
은하수 물결 거닐며
숨은그림찾기를 합니다

아, 어쩌나요
그대를 향한
형체 없는 그리움은
깊어만 갑니다.

가을바람

창문을 두드리는 소리에
살며시 눈을 뜨고 열어보니
따가운 햇볕이 빙긋이 웃고 있습니다

시간은 어김없이
높고 푸른 하늘을 펼쳐놓고
따가운 햇볕은
붉은빛으로 황금빛으로
물들이고 있습니다

눈시울 적시는 맑은 하늘에
피어나는 꽃구름 한 아름 안고
떠도는 바람 따라
내 마음도 하늘거립니다

어디로 가는지
머물 곳은 어딘지 알 수 없습니다
바람이 흐르는 대로 흘러가렵니다.

언제나 그 자리에

아름드리나무와 같이
바람에 흔들려도
꺼지지 않는 촛불같이
언 땅을 녹이고 봄을 피우는
따사로운 햇살 같은 당신

언제나 그 자리에
머물러 주세요.

마음의 옛살라비

가까이 있어도 그립습니다
찾아가도 반기는 사람 없지만
언제나 포근한 햇살 내리는
아련한 옛살라비

켜켜이 쌓인 지난날은
바람살에 뭉개지어 흙이 되고
곱다랗게 꽃으로 피어
뭇사람의 쉼터가 되었습니다

낯선 둥지에 마음 얹고
섞사귀며 살아가지만
자늑자늑 젖어 드는 그리움이
가슴을 파고들 때면
여낙낙한 웃음 꽃잎에 앉아
반가이 맞이하는 오솔길 따라
도탑던 지난날의 그림을 그립니다

삶의 무거운 날갯짓으로 시름없는 날이면
에움길 걸으며 꿈 오라기 키워온
별밭 쏟아지는 옛살라비를
마음에 애살포오시 담습니다.

옛살라비 : 고향 / 바람살 : 세차게 부는 바람의 기운 / 곱다랗다 : 아주 곱다.
섞사귀며 : 지위와 환경이 다른 사람들끼리 서로 가깝게 사귀다
자늑자늑 : 움직임 따위가 가볍고 부드러우며 차분한 모양을 나타내는 말
여낙낙한 : 성미가 온화하고 상냥하다.
에움길 : 굽은길 / 꿈오라기 : 꿈의 한 자락

가을비

삶의 무게를 짊어지고
우리가 거닐던 가로수 길에
비가 내립니다

한 계절 서로 부대끼며
곱게 물든 플라타너스 잎은
그리움의 시간을 새겨두고
먼 길을 떠나려 합니다.

만산홍엽(滿山紅葉)을 이룬
만추(晩秋)의 아름다움에
시려오는 내 가슴인 양

가을이 설익은 잎은
스산한 바람에 속절없이 지고
겨울을 재촉하는 빗속을
쓸쓸히 뒹굴고 있습니다.

첫사랑

빛바랜
사진을 꺼내 보듯
아련함 이련가!

마음에 고이 담아두고
바람에 나부끼는
추억 이련가!

문득
심장을 두드리는
설렘인가!

목련꽃 애상(哀傷)

순백의 가슴을 활짝 열어
따스한 햇볕 소담히 담아
살짝궁, 흔들어 놓는 꽃잎아!

눈길 한번 주지 않고
하늘만 바라보다 말없이
떨어지는 꽃잎아!

이리저리 널브러지고
무심히 밟히어도
오롯이 내어주고 떠나는
네 모양이 애잔하구나!

눈시울 붉어질세라
노란 꽃, 분홍 꽃,
하얀 꽃비 흩날리며
살랑살랑 꼬리 흔드는
봄아
아서라!

겨울, 플라타너스

세월의 미련인가
풋사랑의 가슴앓인가

시절(時節) 모르고
시린 하늘에 너울거리는
푸르른 플라타너스여!

눈이 내리면 어쩌니?
설익은 사랑이면 어쩌나

눈이 내리네

눈이 내리네
따뜻한 커피 한잔에
흐르는 음악을 듣고 있는 지금

보석처럼 반짝이는
하얀 눈 같은
당신이 그립습니다

당신을 향한 애틋한 가슴에
살포시 눈이 내리네

그리움 소리 없이 쌓이는
하얀 눈 내리는 세상을
당신도 보고 있으려나...

소담히 내리는 눈처럼
당신이 왔으면 좋겠습니다.

언제나 그랬지

살을 에는
바람이 불어온들
허전한 내 마음 같을까

바람 같은 수많은 인연 속에
사랑을 하고, 이별을 하고
후회를 되풀이하며 숨 쉬는 삶

애를 쓰며 살아도
흔들리는 촛불같이
머물 곳 없는 마음 추스르며

언제나 그랬지

앙상한 나신(裸身)으로
당당하게 서 있는
한 그루 나무처럼

시린 겨울 하늘에
미소 짓는 봄 햇살처럼

눈 속에 움츠린
꽃망울 터트리며
화려한 봄날은 오리라.

겨울 단상

겨울 끝자락 잡고 오는
봄기운에
쏟아지는 햇살 밟으며
경쾌하게 내딛는 발뒤꿈치 물고
덧없는 세월의 긴 그림자 드리워진다.

연둣빛 마음은
봄바람에 실려 올 꽃향기로 설레고
동화 속 주인공처럼 아름다운 사랑이
몽실몽실 피어오른다.

메마른 가지에 새순 움트고
초록 물결 대지를 촉촉이 적시며
겨울 품속으로 비집고 들어오려는데
추웠던 기나긴 겨울 끝자락
눈 부신 햇살은
왜 이리 헛헛할까?
왜 이리 가슴이 아려오는가!

4부, 그것은 인생

바람은 내게

시냇물이 강을 이루고

바다를 만나듯이

유유히 흘러가는 물처럼

순리대로 살라 한다.

저무는 꽃은 향기로 말한다

푸른 꿈은 흐르는 세월에 빛을 잃어도
마음은 늘 푸른 그 시절에 머물러
한 송이 꽃을 피우고 있습니다.

애달픔. 견디며 우뚝 서 있는 나무처럼
삶의 깊은 곳에서 은은함이 묻어나는
고귀한 향기로 말합니다.

붉은 꽃잎에 서리서리 가시를 품고
고단한 삶의 길을 가야 하는
고독보다 더 짙은 향기도 있습니다.

여린 가슴에 내리쬐는 태양을 품고
정성으로 피운 꽃은
눈과 따뜻한 목소리로 흔들어놓고
저무는 꽃잎을 외면해도 슬퍼하지 않습니다.

벽에 걸린 마른 꽃이 되어도 괜찮습니다.
그 향기는 그 가슴에 각인되어
행복의 향기로 말합니다.

담장에 핀 능소화

언제 이렇게 피었니?
참 예쁘구나!
참 곱구나!

지난겨울, 핏기없는 줄기는
차디찬 담장에 달라붙어
희미한 기억 속에 잊혔건만

뜨거운 태양을 오롯이 받으며
화사한 자태로, 고운 빛으로
반기고 있구나

목을 길게 늘어뜨리고
함박웃음 지으며
무심한 눈길에
얼마나 애를 태웠을까?

다람쥐 쳇바퀴 삶이라지만
지나고 지나온 길
고개 한번
눈길 한번
숨 한번 쉬어가면 되는 것을.

봄은 그렇다

그렇다
헐벗은 가지에 새 옷 입히고
황량한 땅에 꽃을 피운다

살랑이는 바람 불어와
산천초목 얼싸안고
어우렁더우렁

발길 닿는 곳마다
풀 내음, 꽃향기 날리고
하얀 속살 드러내니
뜨거워지는 태양의 눈빛

붉게 타오르는 꽃잎에
단비 한 모금
어느새
노을은 지고 있다

살갗에 닿는 차가운 손길
슬그머니 속살 감추고
거리에 뒹구는 그리움은
한 줌 흙으로
한 줌 바람으로
헐벗은 가지에 눈꽃을 피운다

발을 동동 구르고
애타게 갈급해도
들숨으로
날숨으로 견뎌야 그날은 온다

봄은 그렇다.

제목 : 봄은 그렇다
시낭송 : 장화순
스마트폰으로 QR 코드를 스캔하면
시낭송을 감상할 수 있습니다.

유월의 꽃밭

저 멀리서 하늘하늘
아리따운 모습에 끌리어
사푼사푼 꽃길 따라 걸어요

숨어 우는
덧없는 세월의 몸부림처럼
뜨거운 유월 볕 아래

바람 불면 떨어질까
다가가 만지면 시들까
야리야리한 자태로
유혹하는 양귀비

고운 빛으로 보일 듯 말듯
이름 모를 꽃에 마음 뺏기고
한들거리는 금계국 품에
철없이 피어있는
수줍은 키 작은 코스모스

형형색색 황홀하게 피어있는
유월의 꽃들이여

너도 예쁘고
너도 예쁘다.

쓸쓸한 날에

사람은 관심을 받고 싶어 한다
그러나
남의 일에는 관심이 없다
구경을 할 뿐

사람은 자기중심으로 세상을 보려 한다
자신의 잣대로 인정과 부정을 오가며
이기심은 꿈틀거린다

한 톨의 대가 없는 마음을
포장하여 보는 사람 앞에서
내 안의 나를 들여다본다
쓸쓸하다.

7월에는

싱그러운 7월에는
마음 밭에 돋아난 가시를 뽑고
맑은 샘물을 주어
처음 그 마음을 되새기겠습니다

풀 향기 날리는 7월에는
따가운 햇볕 받으며
활짝 웃는 꽃이 되어
해맑은 쉼이 되고 싶습니다

여름이 익어가는 길목에
아름드리나무 되어
주렁주렁 긍정의 열매 맺는
산소와 같은 사람이 되고 싶습니다

섬섬옥수 고운 빛으로
날마다 새롭게 빛을 발하는
무궁화 꽃 피는 희망의 7월을
그대에게 드리고 싶습니다.

바람이 전하는 말

바람은 내게
드세게 부는 바람 앞에
잎이 지고 헐벗어도
뽑히지 않는 뿌리처럼
살라 한다.

세월의 긴 그림자
훌훌 털어버리고
흘러가는 구름처럼
뭉게뭉게 살라 한다

바람은 내게
시냇물이 강을 이루고
바다를 만나듯이
유유히 흘러가는 물처럼
순리대로 살라 한다.

詩, 인연

새삼스레 인연을 생각해본다.
어쩌면 어디선가 한 번쯤 스쳤을
나와 마주하고 있는 사람들

오래전부터 알고 지낸 듯
스스럼없이 다가갈 수 있는
詩, 인연으로 어우러진 만남

시와 글을 사랑하는 마음 하나로
순수한 감성을 꽃피우는
지금, 이 순간
해맑은 웃음소리에
시간은 거꾸로 흐르고 있다

꽃샘바람 불어도
웃음 거두는
싸늘한 심장은 되지 않으리.
우리의 詩, 인연은.

행운의 여신

흐르는 땀방울을
씻어주는 시원한 바람은
그녀의 손길입니다

시린 가슴에 감도는
따사로운 햇살은
그녀의 마음입니다

떠오르는 해와 같이
노을 지는 밤과 같이

하나둘 별을 따다
마음에 심는 당신에게
그녀는 미소를 보입니다.

어리석은 인연

흘러간 것에 연연하지 말아요
한번 금이 간 관계는 온전해지기 어렵답니다
물 고인 뿌리에
거름을 주고 꽃을 피우려 하는 것입니다

호감과 호기심을 착각하지 말아요
잘 익은 열매에 눈길이 가는 것은 당연합니다
모든 사람이 호감을 느낄 수는 있지만
모든 사람이 진실한 마음을 주는 것은 아니랍니다

헛된 것에 미련을 두지 말아요
흘러가는 강물이 거슬러 올 수는 없답니다
둑을 쌓아 가둬둔들 악취만 풍길 뿐입니다

슬픈 인연보다 더한 것은
아슬아슬 줄타기 인연에
허망한 꿈을 꾸는
어리석은 인연입니다.

가로수 그늘

신록이 우거진 가로수 길이
얼마나 아름다운지
예전엔 알지 못했습니다.

가로수 그늘에 서서
올려다본 파란 하늘에
채색해 놓은 초록 잎 사이로
반짝이는 햇살이 얼마나 예쁜지요

붉은 입술 고혹한 몸짓에 눈멀고
아카시아, 라일락 향기에 매료되어
바람에 사각 이는 초록 내음이
얼마나 좋은지
꽃이 지고야 알았습니다.

나는 어떠한 사람인가

삶을 다하는 날까지
끝맺음이란 없는 것 같다
어쩌면
시작도 끝도 없는 것은 아닐까

스치는 인연이든 필연이든
유리처럼 투명한 만남을 위해
노력했는지 가끔 생각에 잠긴다

어떠한 모습으로 마주해도
허물없이 마음을 나눌 수 있는
진솔한 만남이었는가

천연덕스러운 연기로
마음을 희롱하는
깨어진 유리 조각 같은 만남이었는가

삶을 다하는 날까지
흔들리는 마음을 다독여 주는
단, 한 사람이라도 곁에 있다면
잘 살아온 삶이 아닐까

과연, 나는 어떠한 사람인가!

속 빈 간판

어지럽게 돌아가는
급변하는 세상살이

힘들지 않는 사람이
후회하지 않은 사람이
몇이나 되려나

사람의 됨됨이는
배움이 많고 적음이
그리 중요하지 않아도
구태여 따져 묻는
사람들이 있기에

허울 좋은 모양새에
번지르르한 장신구로 치장한
속 빈 간판이 즐비하다.

나무, 그것은 인생

탐스러운 꽃을 피우기 위해
땡볕에 온 몸을 던지고
푸른 옷으로 겹겹이 치장하였건만
숨 가쁜 삶의 그림자를 등에 지고
가느다란 한숨은 깊어진다

아낌없이 활활 타오르는 열정은
저무는 노을에 잠을 청하고
타다만 혈기는 소슬바람에
마른 헛기침으로 밤을 지새운다

놓지 않으려 아슬하게 매달려도
매서운 바람을 견디지 못하고
거리를 뒹굴다 한 줌 가루가 되어
흩어지는 낙엽 같은 인생사(人生事)

마른 한 잎 남기지 않은 나무는
겨울바람에 맞서지 않으며
눈꽃을 피워놓고 짓궂은 햇살에
사르르 흔적 없이 지고 마는
이별에 슬퍼하지 않는다

칼바람 에이는 숱한 겨울밤을
담금질하는 나무는
아름다운 꽃망울 터트리는
봄을 알고 있기에.

흐르는 물과 같이 살렵니다

흘러가는 인연 잡아 무엇하리
떠날 사람은 언제고 떠나리라

수려한 외모가 아니면 어떠리
보이는 게 전부가 아니더이다

서운한 마음 말한들 후련해지리
돌아서면 후회로 남는 것을
숨 고르고 비우리라

같은 곳을 바라보며
하나인 듯 늘 곁에 있어도
생각과 마음이 다르듯

알면서 바보스레 웃고
모르면서 장단 맞추는
울고 웃는 헛헛한 세상살이

처음 그 마음 그대로
흐르는 물과 같이 살렵니다.

꽃을 꺾지 말아요

아름다운 꽃은
뽐내지 않아도 빛이 납니다

향기로운 꽃은 말하지 않아도
벌 나비 날아와 춤을 춥니다

예쁘다 하여
꺾으려 하지 말아요

바람에 흔들릴까
꽃병에 꽂아 두려 하지 말아요

흔드는 바람에 꽃잎 매만지고
내리는 비에 먼지 씻기고
그 자리에 있을 때

화사한 햇살 머금고
미소 지을 테니.

형광등에 걸린 세상

별들이 잠을 자고 있을까요
해님이 기침을 했을까요
어슴푸레한 방 안에 홀로 깨어
꺼진 형광등을 바라봅니다

햇살이 빛나고 있을까요
하늘에 이슬 맺혔을까요
커튼이 드리워진 창밖을 응시하다
눈을 감고 세상을 바라봅니다

골목을 휘도는 아이의 발소리 따라
밀려드는 아련한 기억의 조각들은
여인네의 왁자한 웃음소리에
놀란 듯 썰물처럼 사라지고
적막이 흐르는 거리에 간간이 들려오는
마른기침 소리에 허허로운 가슴을 쓸어내립니다

형광등을 켜면 밝아지는 세상을
커튼을 젖히면 보이는 세상을
꺼진 형광등에 갇히어 덩그러니
천정에 달라붙어 눈뜬 세상을 바라봅니다

얼마나 지났을까요
바람이 창문을 두드립니다.

시 월

10이란 숫자를 바라봅니다
하루, 이틀 시간이 흘러도
그날이 그날 같은 시월이
가을을 선물했습니다

한여름 소낙비 같은 기다림으로
뜨거운 태양을 견딜 수 있게 해 준
고마운 시월입니다

하늘만 봐도 괜스레 뭉클해지고
소슬바람에 흔들리는 마음은
뙤약볕에 그늘을 찾아 움츠렸던
내 안에 감성을 숨 쉬게 하는
사색(思索)의 시월인 것입니다

땀이 배어있는 황금 들녘에
가득히 차오르는 포만감을 안겨주는
감사의 시월입니다

길가에 한들거리는 들꽃과 같이
바람과 노니는 갈대와 같이
철없이 피어있는 장미의 열정으로
가을을 물들이며
지는 해를 맞이하는 시월입니다

지친 어깨 위에 따스한 가을볕이
아낌없이 사랑하고
아낌없이 베푸는 시월이라 합니다.

연잎에 맺힌 마음

한순간도 놓치고 싶지 않은 것일까
또르르 모여드는 빗방울

삼키지도 뱉어내지도 못하고
켜켜이 끌어안고 있는 연잎

가냘픈 몸으로
커지는 물웅덩이 머리에 이고
아슬하게 흔들리며 넓은 품을
내어주고 있다

삼키지 못하는 삶일지라도
뱉어내지 못하는 삶이어도
융화(融和)되어 때가 되면 쏟아내는 연잎

비워야 할 때를 알고
미련 없이 내려놓는 연잎의
내 마음 빗방울 되어 떨어진다.

잡초도 숨을 쉰다

세상에 태어남은 나의 선택이 아니듯
세상을 떠나는 것도 나의 선택은 아니다
길가에 아무렇게나 피어있는 잡초를 보라

틈이 있는 곳이라면 비집고 들어가
행인들의 발길에 차이고 밟히기를
두려워하지 않고 뿌리를 내리고
파릇하게 보란 듯 숨을 쉬고 있지 않은가

화려한 뭇 꽃이 피고 진 자리를 보라
초록 물결 넘실거리는 들판을 보라

그 누가 그들을 쓸모없다고 말할 수 있는가
그 누가 그들의 강인함을 뽑아낼 수 있겠는가

어쩌다 양지바른 곳에 터를 잡고
한가로이 바람에 치맛자락 날리며
볼품없다고 그들을 업신여기는가

그들에겐 절망이란 보이지 않는다
시련을 딛고 보란 듯이 살아남지 않는가!

인연의 굴레

그 누군가를 만나고
돌아서는 발걸음이
매번 가벼울 수만은 없다

대수롭지 않은 말에 쉽게
상처를 입고 흔들릴 수 있는 것이
사람의 마음이오
휘몰아치는 바람 앞에
위태롭게 흔들리는 불씨를
지탱해 주는 것 또한 사람의 마음이다.

스치는 만남에도
느낌이 좋은 사람이 있는가 하면
왠지 불편한 사람이 있듯이
모든 만남에 기분 좋은 사람으로
남고 싶은 마음과는 달리
누군가에게는 개운치 않은 인상을
주기도 한다

자연스럽게 맺어진 인연은
마음 편한 인연으로 머물지만
억지로 맺은 인연은
끝맺음이 아름답지 못하듯이
좋은 사람과 마음 나누며 살아도
흘릴 눈물이 많은 세상
다른 사람의 시선에 얽매여
거추장스러운 옷을 걸치고
거짓 웃음을 짓고 있는 것은 아닌지
가끔은 돌아보아야 하지 않을까

모든 사람이 나를 좋아할 수는 없고
나 또한
모든 사람에게 만족을 줄 수 없기에
어쩌면 우리는
사람에게 상처를 받고
사람으로 치유를 받는
인연의 굴레에 머물러
살아가고 있는 건가 보다.

12월의 미소

세월은 바람처럼 흐르고
마지막 달을 바라봅니다

해마다 새해의 다짐은
차가운 달을 보며
아쉬움의 쓴웃음 짓네요

한 해를 보내기 위해
겨우살이 준비를 위해
바쁜 달이겠지요

새해를 기다리는 12월이
하얀 미소로 속삭여요

온정을 베풀어준 이에게
안부를 전하고 이웃을 돌아보며
나눔의 향기 피어나는
감사의 달이라고

12월은 모든 사람이
기쁨의 향기로
사랑의 따스함으로
온화한 행복을 담았으면 해요.

한 해를 보내며

한 해를 보내며
내게 온 인연을 돌아봅니다

스치는 인연이라 하여도
그 순간만큼은 진실이 동반되어 있기에
허투루 대하지 않으려 했습니다

인생이란 무대에서
삶의 주인공은 나이기에 속 울음 삼키며
견딜 수 있는 만큼의 시련과
이겨낼 수 있는 만큼의 아픔이 주어진
한 해를 보내며
내게 온 인연에 감사합니다

한 해를 보내며 내게 온 인연은
물 흐르듯 자연스러운 인연으로
떠나는 인연은 담담하게 놓으려 합니다

다가오는 인연은 소홀히 하지 않으며
서로의 마음과 믿음을 해치는
악연은 미련 없이 버리려 합니다

만나야 할 인연으로 맺어진 우리는
배려와 사랑으로 마음을 비워내고 채워가며
헤프지 않은 귀한 인연으로
한해 한해 묵어갔으면 합니다.

자아 성찰

살면서 모르고 사는 것이 많다
구태여 알려고 할 이유도 없다
내 앞에 놓여있는 삶을 살기에도
버거워하기 때문일 것이다

한 치 앞도 모르는 것이 사람의 일이기에
지금, 이 순간을 생의 마지막 시간인 것처럼
소중히 누려야 한다.

높은 곳을 올려다보면 볼수록 작아지고
낮은 곳을 보면 볼수록 가슴 한편이 묵직해져 오는 건
욕심을 내려놓지 못하기 때문일 것이다

산다는 것은
모든 것을 완벽하게 누리고 사는 사람이 없고
가진 것이 많고 적음이 행복의 잣대가 될 수 없기에
끝을 알 수 없는 자기 자신과의 갈등을 해소하며
인생의 주춧돌을 만들어 가는 것이리라.

사람은 고독한 존재다.
서로를 존중하고 함께 가는 삶일수록 고독은 침묵한다.
꽃길을 걸을 때보다 가시밭길을 걸을 때
그 고독의 깊이는 참모습을 드러낸다.

불투명한 삶의 뒤안길에
벼랑 끝에 의연하게 서 있는 고목 같은 사람이
곁에 있는지 둘러본다.

나 또한
그런 사람으로 발돋움하고 있는지 되돌아본다.

향기로운 마음

임숙희 제2시집

2019년 2월 13일 초판 1쇄
2019년 2월 15일 발행
지 은 이 : 임숙희
펴 낸 이 : 김락호
디자인 편집 : 이은희
기 획 : 시사랑음악사랑
연 락 처 : 1899-1341
홈페이지 주소 : www.poemmusic.net
E-Mail : poemarts@hanmail.net

정가 : 10,000원
ISBN : 979-11-6284-091-7